꽃잎, 흔들리는 중심

이미지북 시선 006

꽃잎, 흔들리는 중심

1판 1쇄 인쇄 | 2024년 09월 02일
1판 1쇄 발행 | 2024년 09월 10일

지 은 이 | 윤 숙
펴 낸 이 | 이영희
펴 낸 곳 | 이미지북
출판등록 | 제324-2016-000030호(1999. 4. 10)
주 소 | 서울특별시 강동구 양재대로122가길 6, 202호
대표전화 | 02-483-7025, 팩시밀리 : 02-483-3213
e-mail | ibook99@naver.com

ISBN 978-89-89224-70-9 03810

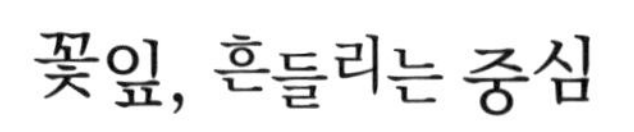

꽃잎, 흔들리는 중심

윤 숙 시집

이미지북

| 시인의 말 |

골목길 밝히는 외등처럼
한자리 올곧게 선
버팀목
다독이기도
끌어주기도
때론
말씀이 되어
나를 치유하는
수많은 삶의 언어들

이제
흐르는 강물 위로
이야기 꽃잎 띄워 보낸다.

2024년 7월

제2부 | 저녁이 오고 새벽이 온다

제3부 | 마음은 이미 뜨거워지고

제4부 | 길은 또 다른 길이 된다

제5부 | 초록감은 바람 속을 견디며 산다

제 1 부

붉은 잎 하나 저도 모르게

동행

북한산 둘레길
감나무 한 그루
열매 되는 것들만 품고 있다

버림받고 나뒹구는
속 시커먼 또 다른 감의 길

순간순간 쉬운 게 있을까

외롭거나 슬프지 않게
완숙으로 가는 오체투지의 길

바람과 내가
손잡고
함께 걸어가고 있다

흐르는 것에 대하여

막히고 난 후 알게 된 흐르는 것들의 자유

그립다

쿨렁쿨렁 물 내려가는 소리 듣다 보면

마음이 만든 감옥길에 보랏빛 물꽃 핀다

단풍잎 하나

노을도

허리 휜 노인의 뒷모습도

뒤따르는 누렁이도

하나의 마음으로 익어간다

그걸 물끄러미 보고 있는 단풍나무가

붉은 잎 하나 저도 모르게

사르르 떨어뜨린다

분꽃

한 편의 시를 담아내는
그대의 방

새의 노래
눈부시게 일렁이는 여름

태풍이 지나간 뒤
꽃은 지고

천천히 열리는 까만 씨앗
또록또록한 노래

그런 방 하나 갖고 싶다

일어서는 바람

바람 부는 날
문경새재에 오르면
우우…… 우우우
억새들의 하울링이 들린다

잎새에서 잎새로
동학민의 붉은 함성
온 산이 들썩거린다

꿈꾸는 자만이 꿈을 이룰 수 있는
기암과 괴봉의 조령산이 힘차다

새도 쉬어 넘는 그곳에 가면
천공을 향한 민초들의 열망이
결코 사라질 수 없는 바람이 되어
아직도 흐르고 있다

너도 된장

불은 메줏덩이와 소금물 메줏가루
버무려놓은 긴 기다림이다

된장이 되기까지
파도에 뾰족 돌이 깎여 몽돌 되듯
떫고 쓰고 짠
새파랗게 날 선 것들
비바람 몰아치는 태풍의 벽을 넘어야 산다

살아간다는 것
나를 버려 너와 하나 될 때
새로운 우리가 되는 것을

한 겹 한 겹 벗으며
낮아지고 비우고
가슴속 시린 삭풍 훌훌 털어낼 때
비로소 받아들이고 어우러지는

된장은 삶이다
인생이다

겨울숲

숲길을 걷는다
나뭇가지마다
고요한 눈꽃송이 시리도록 빛난다

먼지 쌓이듯 늘어가는 내 허물들
옷을 입은들 가려질까
뜯어낸들 깨끗해질까

동백은 부끄럼 없이 제 살 드러내 웃고
숲은 다 벗고 꿈꾸면서 당당하다

겨울강 건너
평화로운 나무들의 수화手話
물비늘 소곤거림에 화답하듯
가만가만 눈을 뜬다

멀미

화르르
기습적으로
개나리 진달래 벚꽃
흔들어 깨우는 바람

그리움과 반가움
환희 뒤에 오는 아쉬움

눈부신 알 같은 삶과
묵언의 죽음도
봄꽃 같아
한바탕 꿈인 것을

문득
창밖의 꽃잎
와르르
사라지는
찰나의 어지러움

분갈이

영산홍이 무더기로
눈부시게 피었다

비바람 불어
잠 못 드는 겨울밤
얼마였을까

흔들리는 내 뿌리
생채기 아물도록
낙수에 바윗돌 뚫리도록

바램은 기도가 되고
기다림을 견딘 끝에
마침내 피워 올린 주홍 꽃빛

이제
꽃 몸살앓이 없이
날개 펼쳐 가거라

걱정인형*

쌀이 없어 밥 굶는 것도 아닌데
염려 보따리 이고 산다

새순 돋는 봄날 기다려지는 비
비 오는 날 지붕 없는 새들의 집
길고양이의 겨울밤

24시 편의점 밤일하는 휴학생
폐지 줍는 노인의 무거운 리어카
유모차가 애완견차로 변해가는 것

매일 제자리에서 빙빙
사라지지 않는 미세먼지 같은 걱정
대신해줄 아바타

걱정은 이제 모두 내게 맡기렴

*걱정인형: 걱정과 근심으로 잠 못 드는 어른들에게 걱정인형을 건네주는 과테말라 풍습.

오빠 생각

아지랑이
아른아른 피어오르는 이 봄날

끝내 하지 못한 이야기
흐르는 강물에 고요히 풀어놓으면
아련한 마음
물빛으로 반짝일까

나무와 풀꽃은 아직 그 자리를 지키고
세상 또한 그대로인데
오빠 떠난 빈자리
바람만 서성인다

한 세월이 꺾어지도록
너무 그리워서 부른 이름
앞뒷산 메아리로
살아서 돌아오기까지
남몰래 눈물 삼키며 꼭꼭 숨긴 것들

오늘
뻐꾹새 울음으로 돌아온다

산행

아침 산행을 한다
솜이불 깐 듯
온 산을 덮은 연무
걸음걸음 주먹 쥐고 걷는다

어쩌면 삶도
알 수 없는 한 치 앞
안개 속을 뚫고 빛을 찾아가는 것

지구촌이 몸살을 앓는다
폭염 폭우
슈퍼엘니뇨 현상에서 오는 이상기후다

산다는 것 성층권처럼 불안정해
슬펐다 기쁘고
괴롭다가 즐겁고
흐리다가 맑은
여름날 갱년기를 닮았다

주먹을 펴고 걷는다

부활의 길

가로수 길을 걷는다
자동차가 지나간 뒤
노랑나비 떼 우르르 날아오른다

만추의 떨어진 은행잎들이
풀어놓은 한 생이 부활하듯
나비처럼 날아간다

하늘도 구름도 또 하나의 길인 것을

눈이 부시게 푸르른 날들이
마지막 춤사위로
허공에 매달린다

옥수수차 끓이기

옥수수차를 끓이는 일 산정을 오르는 일이다

옥수수알이 달디단 차로 다려지기까지
천왕봉*
새벽 안개 속을 오른다

상수리나무숲 지나
몇 개의 계곡을 건너
고요만이 사는 신방에 이르는

그 길
두려움 굶주림 번뇌의 길인 것을
그래 불꽃인
나를 씻어 달디단 차로 보시하는 일은
하늘 자궁 속
별꽃으로 피어나 산정에 앉는 일이다

천왕봉은
내려오는 길이 없다

*천왕봉: 지리산 최고봉.

제 2 부

저녁이 오고 새벽이 온다

찔레꽃 질 때

끝나지 않은 핏빛 사랑이다

꽃 진 자리
제 몸 꺾어 새 길 열어가는 찔레꽃
만나고 헤어지는
피고
지는 꽃자리
생살 뚫고 오르는 붉은 뚝심
돌아 돌아 꽃 피우는 소리
오늘
서럽게 꽃 진 자리
못다 한 그리움의 한마디
어머니

툭
끝나지 않는 핏빛 사랑이다

새싹

1

갑자기
마음이 밝아졌다
선물 받은
아이처럼
하루하루 신난다

2

여기저기
들불 번지듯
혁명처럼
소리 없이
뾰족뾰족 올라오는
저 목숨들

미술관의 앵무새

덕수궁 미술관 앵무새 울음 만난다

은빛, 눈부신 깃털이기도 한 날개
잘라낼수록
등으로 겨드랑이로 허벅지로
자꾸 솟아오르는 울음소리

바벨은 무너지기 위해 존재하는 것

나는
하늘 천장을
확
찢어버렸다

허공을 날아오르는 앵무새 울음
헛꿈이었음을
욕망이었음을

꽃잎, 흔들리는 중심

이 길일까 저 길일까

꽃길
손을 뻗어 움켜쥐려 해도
잡히지 않는 무지개길
그 유혹에 빠져
무더기 꽃타래 속으로 들어선다

시간 속 꽃타래
인내하며 풀어나가는
삶의 여정이
나를 다스리는 길일 것이다

언제나 중심은 외롭고
흔들리는 법

만 갈래 이름 끝을 쥐고
달무리 따라 걸어가면
꽃술에 지고 피는
그 작은 우주 속
한 생애의 중심이 잠깐 흔들린다

뚝배기

한 솥에 우려지는
하나의 마음

뻐대 생각
우려내고 견디다 보면

엉키고 꼬인 것들이
우르르
우르르

세상 밖으로 몰려나와
한 그릇의 생애가 된다

순창 가는 길

생명의 길

목마름으로
동그란 길 속으로
수몰되는
개망초꽃이 지고 피는 고향 가는 길

할아버지 삼촌이 돌아가고
저녁노을에 수수타래 조팝나무도 오고 가는 길

하늘 새 산울림도
도리깨 끝자락에 매달려

너는
가고

또 누군가가
온다

넝쿨장미

쉿
너를 부를 때
다가오는 저녁노을

울음을 참아낸 것들이
진홍의 아픔
꽃가지에 매달려
기슭을 오르는 손끝마다
피멍든 것들

저건
이승도 저승도 아닌
건널목

별빛 길 열어가는
마음 한 조각
산기슭을 건너가고 있다

꽃잎 날다

풀꽃의 집은 허공이다

한때
바람으로 티끌로
날아오른 풀꽃
한바탕 놀이마당이다

보도블록 뚫고 올라야 사는
허공이 바닥인 것을 몰랐다

하늘 날아 봇짐을 푸는 풀꽃 자리

저건
공空의 세상이었음을
아니
중생衆生이었음을

한세상 잘 놀다 가는 놀이마당이었음을

고리

"할머니 돌아가셨대요."

하늘로 가셨을까
처음 난 곳
그곳으로 가셨을까

만남과 헤어짐
그 어디
시간의 경계일까

이어졌다 끊어지고
다시 그리움으로 되돌아오는

동그랗게 이어지는 연결고리인 것을

노을, 물들다

배추흰나비 날개 위로 저녁노을이 물든다

천의 물소리
만의 바람 소리
밀려가고 오는 물결

나비 날갯짓으로
저녁이 오고
새벽이 온다

장다리꽃 고랑 사이로
배추흰나비 날갯짓이 세상을 끌고 간다

배추흰나비 날개 위로 아침노을이 물든다

봄이 오는 길목

휘적휘적
봄이 오는 길목
건너가고 건너오는 저 바람은 누구일까

뿌리를 더 깊이 내리기 위해 달려오는
푸른 발자국 소리는
바람이 되고 햇살이 되어
강물에 반짝이는
눈물이다

떠나간 시간은 사라지는 것이 아니라
동그랗게 제 몸 틀어
돌아오는 길을 열어가는
고요한 갈대의 속울음이다

고향으로 돌아가는
강둑 벌판에
웅얼웅얼
달빛 물들이고 선 그리움이다

호명산*을 오른다

눈부신 속살을 따라
훨훨
한 잎 한 잎 욕망을 벗어던지며 간다

가파른 길 올라 자갈돌 밟으며
홍단풍이 열어가는
들숨 날숨의 세상

앙상한 가지 끝에 매달린
저 붉은 단풍
누군가 두고 간 한 조각 심장일까

허공을 날아 사라져가는 너는
어느 날
누구의 실뿌리 새잎으로 매달릴까

*호명산: 경기도 가평군 청평면 청평리에 있는 산.

전동차는 돌아오지 않는다

립스틱 든 가방을 전동차에 놓고 내렸다

순간 사라져가는
굉음의 속력을 잡아채는 바람
아득하다

앞으로만 내쳐 달리는 전동차
세상을 집어삼키는 욕망덩어리

집착과 번뇌
모든 것 버려야만 달릴 수 있는 그 길

내가 서 있는 이곳
도착과 출발점은 하나

출발한 전동차는 끝내 돌아오지 않는다

늦가을 철학자

가을걷이 끝난 들판
의좋은 형제 낟가리는 안 보이고
여기저기 볏짚만 뒹굴고 있다

한 해 농사 끝낸
고단한 몸 풀고
홀로 지키고 서 있다

외다리에 해진 모자 쓰고
꿈속에서도 소곤대는 벼이삭들
이야기 다 받아주며

거친 바람에 제 옷 찢긴 채
세상을 다 내주고도
허 허 허
웃고 있다

제 3 부

마음은 이미 뜨거워지고

빈 소주병에 대하여

풀밭에 버려진 빈 소주병을 본다

자동차 불빛에 반짝이는 빈병
소곤소곤
저벅저벅
한때
그리움으로 뜨거움으로
전부가 될 수 있었던 것이
지금
잊혀진 이름으로
어둠 속 뒹굴고 누웠다

욕망도
절망도
버려진 것들이
또한 그리움 되어 빈병을 울린다

이 밤
떨어진 꽃잎 자리 새움이 돋는 것은
버려진 자의 그리움 때문이다

산수유꽃

눈부셔라
메마른 가지 뚫고
울음을 삼킨 것들!

노랗게 앙다문 입술로
몽울몽울 매달리는
소녀 시절 그리움이다

감춰도 감출 수 없는
사랑의 속삭임이다

고창 청보리밭에서

꿈속이다

바람에 출렁이는 청보리밭 물결
참새도 바람도
오월의 햇살이 맨발로 날아든다

청보리 물결 사이
샛길이 열리고, 그 사이
노랑나비 돌개바람 휘돌아
이랑마다 푸른 시간으로 익어간다

나는, 쪼그려 앉아 졸고
꺼질 듯 말 듯
닿을 듯 말 듯
시간 속에 스며들면
알곡이 영글어간다

종달새 한 마리 허공을 날아오른다

달맞이꽃 질 때

꽃잎이다, 달빛이다

지금
저 바람
고갯이 걷고 강물을 건넌다

달맞이꽃 언덕 아래 머무는 동안
저녁놀 밀어내는
닫히고 열리는 꽃살문

하늘과 땅 이어가는
노을도 바람도 꽃잎도 아닌

그 누구의 것도 아닌 것이 달빛 물결 건너간다

보리굴비

쌀뜨물이 보리굴비의 생애인 것을 몰랐다

뼈와 껍질
너덜너덜
통보리 속
저 주름 속 상처투성이

태풍으로 큰 파도로
등 맞대고
한 꺼풀 한 꺼풀 벗겨낸다

눈물 반 그리움 반
알찬 속살로 남아

출렁출렁
시간 터널 건너 새 세상으로 간다

아날로그가 그리운 날

흑백사진 속 그 시간을 꺼낸다

잠자리도 패랭이꽃잎으로
바람개비로 돌다 갇혀버린 시간

그리워한다는 것은 또 다른 기다림일까

누군가는
잃어버린
간절하고 절박했을 그 시간

리모컨 속 들어앉은
한 세상이
잃어버린 흑백사진 속 시간을
실시간으로 재생한다

아버지의 지게

오일장
동지섣달 고갯길
아비 등에 매달린 보리쌀 자루
휘청휘청
별빛 길 열어간다

자루 속 웅크린 보리알갱이
간고등어 고무신 한 켤레
아비 등에 매달려 흥얼흥얼

평생을 지고 왔을 아버지의 지게
그 무게를 다 받아낸
버팀목인가 회오리바람인가
보리알갱이 마음인가

마을 입구
느티나무 기어오르는 달빛 그림자에
아버지의 긴 생애가 스며든다

눈 내리는 밤

밤하늘 불덩이 활활 타오른다

만나지 못해
보내지 못해
네 안
한 잎 한 잎 떠다니는 동백의 입술

하늘과 땅이 만나는 그 순간
저건
영혼이 빠져나간 빈껍데기
엎드려 있는 먹구름

끝내
벌떡 일어나 불기둥으로 타오르는 것을

어머니의 순대국밥

순대국밥 뚝배기 속에는 내 어머니가 산다

하늘하늘 오르는
순대국밥 김을 따라가면
얼가리 배춧잎 되어 걸어 나오시는 어머니

순창 장날
복중의 아기 그러안고
피창* 한 점 바라보다 돌아서 눈물 감추신
앙상한 등뼈 시린 마음에 기대면
푸른 마늘꽃 되어 오신 어머니

혹한의 추위가
뜨거운 국물 속에 스르르 녹아들 때
한 줄기 그리움 밀려온다

오늘
어머니가 눈으로 먹었던 그 순대국밥 앞에 두고
내 어머니 만난다

*피창: 순대의 방언.

꽃대궁으로 서기까지

아파트 베란다 군자란
요 며칠 수상하다

달빛에
도란도란 뿌리 내리고 대궁으로 서기까지

날마다 아침 햇살을 받아들이고
저녁 이슬 온몸으로 품는다

바람을 끌어안은
마음은 이미 뜨거워지고

푸른 잎들이
서로서로 받쳐주고 세워주는 손길

저기
꽃대궁 하나 세운다
빨강 꽃잎들이 군무를 춘다

불통에 대하여

사방이 벽이다

호랑나비 한 마리 차창 안으로 날아든다

좁고 어두운 막힌 통로
작은 날갯짓에 신음 소리 배어나온다

중앙선마저 보이지 않는
혼돈의 시간

뒤돌아갈 수도
나아갈 수도 없는 어둠만 존재하는

바닥도 하늘도 구름도
모두 하나의 길인 것을

이제 알았다
벽도 하나의 통로요
비상구는 소통인 것을

줄다리기

정중앙 빨강 리본 돌아오지 않는다

청빛 홍빛 줄다리기
해 지도록 끝나지 않는 싸움이다

당기고 또 당겨가는
너와 나

생채기꽃 핀다
생채기꽃 핀다

스르르
돌담 무너지는 소리
하나 되는 소리

아무리 둘러봐도 정중앙 리본은 찾을 길 없다

한여름 밤에

불나방 한 마리 여름밤을 지샌다

풀벌레 울음인지
불빛을 향한 날갯짓인지
한줄기 빛살 쥐고 좁은 통로에 끼어들었다

허물벗기일 거야

새 날개가 돋기까지
떨어져도 다시 기어오르는 열정

나는
별 하나 데려와
짧은 여름밤을 비행하는 불나방이 된다

쏨뱅이

내 고향은 연안의 암초 바닥

머리에 짧고 강한 창을 달고
둥근 반점의 갑옷을 입고
날개를 퍼덕이며 가는 그 길
누구도 막을 수 없다

텃세 강한 암초에서도 살아남아
바닷길 열어가는 쏨뱅이

겨울에서 봄
수초 동굴 지나
먼 시간
남해바다 햇살로 돌아오면
'죽어도 삼뱅이'
또 한 번의 날갯짓 꿈꾸며 간다

제 4 부

길은 또 다른 길이 된다

산나리꽃

길 위에서

몽산포 몽돌

생선가시에 찔리다

북극고래

어떤 생존

철쭉꽃 진다

가야산이 말을 하다

해질 무렵 강둑에 앉아

가을 플라타너스

깔딱고개를 넘으며

참치 캔

두 마음

길을 열다

산나리꽃

산길
첫 이슬 밟고 오는
아침 햇살이 흔들린다

누군가 눈여겨 지켜보았을
기다림의 불길 지피는
첫 마음길

초록숲
홀로 저고리 풀고 앉은 키 큰
그리움

산나리
주홍 꽃잎에 주근깨로 남았다

길 위에서

길을 묻는 것은
약속에 나를 가두는 일이다

개미가 걸어간 그 길
끊어질 듯 이어진 길이 나를 끌고 간다

하나의 길이 끊기고
다시 이어지는 샛길

버려진 그 길 위에 멈춰 서서
내가 길이 되는 것을 본다

멀고 긴 아득히 걸어온 길
나를 버리는 것인 줄 몰랐다

몽산포 몽돌

울음소리가 몽돌을 깨운다

소리가 소리를 깨우는 푸른 귀
말이 말을 이어가는 어둠의 터널길 열며 간다

물결 소리 바람 소리
하늘 치솟아
말의 침묵이 바위를 덮을 때까지

작은 파도가 된
내 푸른 귀
열리고 또 닫힌다

다시 하나의 바다를 이루기까지
몸속 울음으로 남은 몽돌을 깨운다

생선가시에 찔리다

가시 하나 뽑아낸다

뽑을수록
더 깊게 더 아프게 박히는
내가 가시인 듯 가시가 나인 듯

누군가의 마음을 찌르는
살 속 깊이 파고드는 말의 은가시

너와 나 가까이 할수록
멀어져가는 사잇길

오늘도
한밤을 지새며 쌈싸우다
신새벽을 맞는다

북극고래

베링해의 검푸른 물살
북에서 남으로
서에서 동으로
거슬러 오르는 것은
길을 반듯이 세우기 위함이다

떠나온 고향길 돌아
빛 그림자를 지우는 교차로에 섰다

30센티 두께의 얼음을 뚫고
공기구멍을 만드는 지혜로
세상의 두꺼운 벽을 뚫고
무사히 이 겨울을 넘을 수 있을까

내 갈증의 포말 산산이 부수고
하늘길 열어
또 하나의 길 세워간다

어떤 생존

바닥은 우듬지를 위해 존재한다

새끼 거북이 물살을 거슬러
위로
위로
고향길을 향해 나아간다

무릎으로 발등으로
일어설 듯 주저앉을 듯
태어나자마자
뒤도 돌아보지 않고
날아가듯 뛰어간다

그리움으로 떠나 사는 거북이
밀려오는 파도의 물살을 온전히 넘어서야
비로소 바다에 닿을 수 있다

철쭉꽃 진다

파릇한 새순 제치고
꽃잎 먼저 벙글어
슬며시 찾아온
도둑 같은 사랑

비바람 맞서기 몇 번인가
수줍게 홍조 띤 볼

사랑의 불꽃도
지나가는 바람인 것을

꿈결 같은 사랑이라 해도
들이대는 햇살에 새 길 여는 법
길은 또 다른 길이 된다

무슨 미련 남아
끝내 지워지지 않는
한 조각 붉은 마음 껴안고
돌아서지 못하는가

가야산이 말을 하다

헐렁했던 가야산이
몽글몽글 살아 움직인다

연둣빛 옷 갈아입고
내게 말 걸어온다

메마른 가지 뚫고
새순 돋듯
비바람 폭염 한파를 두려워 말라고

먼 산과 털옷
훌훌 털어버리고
봄햇살 맞이하라고

해질 무렵 강둑에 앉아

귀소본능歸巢本能이다

천년학 노을 속으로
훨훨
가슴 밑바닥부터 차오르는
무어라 말할 수 없는
서러움이다 아니 안타까움이다

전생에
아기새 두고 나온 어미새였을까
아사달을 기다리는 아사녀였을까

슬픔을 껴입는
꽃노을

저기
길이
길을 열며 간다

가을 플라타너스

플라타너스 곁가지 잘라낸다

하늘을 뚫고 오르는
고집

돌부리나 아스팔트 바닥
온몸이 묶여도
윗자람을 막을 길 없다

나보다도 너보다도
곁가지로 밀어올리는 저것들

끝없는 흔들림 속에
자신의 세계를 세워가고 있는
또 하나의 길이었음을

깔딱고개를 넘으며

깔딱고개를 오른다

손이 짓무르고
발바닥이 부르트고 으깨지도록
네 발로 오르는 오체투지

나를 버리고
하나의 봉우리를 넘어선다

멀리 바다가 보이고
연이어 밀려오는 새로운 나를 본다

끝없는 정상으로 가는 길
만남과 헤어짐이 살아가는 마음자리

중심은 하늘에 걸려야 할 일이다

참치 캔

뚜껑을 열기까지 알 수 없다

아침이 열리고
하늘 닫힌다

보여주지 않으려 내어주지 않으려

네 속마음 알 수 없다

꿀꺽
삼켜보지 않으면 넘겨보지 않으면
알 수 없는 속마음

그래 도무지 알 수 없다

새 하늘문 열리고 닫히는 네 속마음

두 마음

뼈와 뼈가 부딪혀 나뒹굴다
다시 세워가는 길

울음으로 아우성으로
생살 찌르는
엇나가는 마음을 막을 수 없다

선과 악
미움과 사랑
세상 속 한몸
두 길인 듯

첫 마음을 만나기 위해
나는 오늘도 싸운다

길을 열다

호랑나비 한 마리 빛을 찾아 오른다

길 속 샛길에 꼬리 붙들려 사잇길을 열어간다

막힌 문은 안에서 열어야 열리는 것

멱살이 잡혀도 올라야 살기에

길에 끌려가는 나비 한 마리

달빛 별빛을 찾아 날갯짓한다

제 5 부

초록감은 바람 속을 견디며 산다

제비꽃 피다

상처마다 꽃씨방 세워 가는 제비꽃
오들오들
실루엣 하나 걸치지 않은
비밀의 방을 갖고 산다

아니
내 속 가시 하나 뽑아내지 못한 속울음이다

아서라
봄바람 속 휘둘리다
토해내지 못한 응어리
한밤 내 뒹굴며 쌈싸우는
멍울마다 열꽃 피우는

저건, 꽃대궁으로 세워 가야 할 길인 것을

내소사* 풍경소리

처마 밑
풍경風磬이 은은하게 아침을 연다

먼 시간
묵언의 말씀 내릴 때마다
바람 속 흔들리며
경계의 벽을 넘어서야 가는 길

언 땅 열고 복수초 피기까지
겹겹이 낀 번뇌를 벗고
탐욕의 뿌리 뽑히기까지
온몸 날다 다시 떨어지며 세상 길 간다

발바닥이 닳도록 걷고 걸어야
그때 먼 길 날아오를 수 있을까
내소사 별빛으로 빛날 수 있을까

*내소사: 전라북도에 있는 절.

누에고치의 꿈

종일 실올이 풀리고 있다

불타 쭈그러진 빈 굴로 남기까지
어둔 터널길 걷고 또 걷는 누에고치
자신을 버려 베실이 되어가는 실올 속 나비 되려
피와 살 창자와 간을 내어주는
무릎 뭉개지도록 다 닳아 이미 되돌아 설 수 없는
내 생에 베틀 되어 촘촘히 나를 심어주렴

눈부신 나비로 서기까지
지금
내 삶의 실올이 풀리고 있다

한밤 나를 풀어내고 옹골차게 짜여지는
꿈의 씨앗
베틀의 손과 생각이 발돋움으로 나비의 날개를 매달자

눈부신 날갯짓
하늘 높이 날아오르는 호랑나비 한 마리

얼룩진 시간

먹물로 새긴 문신 같은 것

흐르는 수돗물에
김치 얼룩이 묻은
접시 바닥을 박박 씻어낸다

짙게 밴 얼룩
내 몸속에
더 선명하게 꽃잎 되어
송알송알 피어오른다

나는 그 꽃을 꺾어
동그란 화병에 담아
밤마다 얘기한다

그 속에서
새살이 돋아나는 꽃잎으로 태어난다

달팽이집

그건 불씨였다

새장같이 작은 한 평짜리 집
마음 하나 누울 수 있는
저마다 꿈이 살아가는 거야

눈이 오는 건 괜찮아
바람이 분다든가 소낙비가 내리는 날엔
잠깐 동안이나마
따뜻한 등불로 밝힐 수 있는
내 은밀한 방
끈끈한 점액으로 나를 세워
맑은 창가
꽃을 피우기 위해
나를 지탱해 주는 움막 속
또 하나의 길인지도 몰라

담쟁이

허공벽에 별꽃을 심는다

더 높이 올라야 사는
담쟁이
머리 꼿꼿이
퍼렇게 멍든 손톱으로
엉겨 붙어 가야 하는 길
그래
올라야 산다

후다닥
까치발로 뛰어오르는
초록 이름표 매달고
벽 등성이를 기어오르거나
나뒹굴며 간다

단정하지 마라
절망은 바닥일 때 오르는 것을

숨은 날개를 찾아서

숲길을 걷는다

맴맴맴
보름을 살기 위해
어둡고 칙칙한
가장 낮은 곳에서
굼벵이로 살아온 7년

너는
오늘이 마지막이듯
더 높이 더 멀리
노래를 부르는데

외롭고 험한 길
구절양장 돌고 돌아
마침내 도달한 길

나는
왜 아직도
겨드랑이 속 숨은 날개 펴지 못하는가

봄날

바람이 건너오고 있다
수상한 봄볕도 다녀갔다

팡팡
진달래 개나리 벚꽃 꽃봉오리 터지고
얼었던 초록 물길 열린다

동그랗게 허공 한 바퀴
마음길 돌아나오는
4월, 꽃 핀다

봄날은 지금
꽃들의 전쟁 중

배꽃을 찾아

어디로 갔을까
산등성을 기어오르는 사랑이다

봉화산 고갯마루
배꽃잎 곁가지로 매달려 가는 꽃 그림자

춥고 어두운 사방이 벽이 되어 옥죄는
놓쳐버린 시간이 흩어져 날린다

꼿꼿이 세워오는 빛살
꽃봉오리의 새빨간 열망인 것을

하나의 꽃나무로 우뚝 서는 아픔 속에 피는 꿈

저곳을 봐
삼신할미 사는 꽃방 새순 돋는다

동백꽃

시간 알갱이 종알종알
한때 품었던 꿈
붉은 꽃송이로 매달린다

넘어지지 않으려
파르르
떨어져 누운 목숨 알갱이 실눈 뜬다

빛은 어둠 깊을수록 길을 여는 것을

강바람 가지 사이
다시
꽃불로 타오르는 것은
내가 열어가야 할 길이었음을 알았다

민들레 꽃씨

봇짐 지고 허공 날아
게르*를 세우는 민들레 꽃씨

밟힐수록 단단히
뿌리내리는
내림의 혈통
따뜻한 움막이 된다

이 땅 저 땅
어디든 뿌리를 내려야 하는 것은
씨앗이 씨앗을 낳아 기르기 위함이다

유목민으로 살아가야 할
민들레 꽃씨
하늘 땅 별꽃 뿌리로 산다

*게르: 몽골 유목민들이 사용하는 원형텐트의 주거 공간.

단감이 되기까지

감나무에 걸린 초록감은 등불이다

자투리땅 보도블록
사이
뿌리에 실뿌리 매달은
초록감은 바람 속을 견디며 산다

네 몸 속 떫은 피
달디단 단감으로 서기까지
간당간당
네 속 밝은 등불 매달려야 사는 길

오만을 벗기까지
찬서리 내리기까지
제 몸 불사르는
말씀

툭
어둔 길을 밝힌다

덕수궁 회화나무

초록물 든 회화나무
하나의 길 속
만남과 헤어짐이 살아간다

푸른 물길 돌고돌아
긴 강을 건너 만나는
내 마음에
블랙홀이 있다

덕수궁 회화나무 너머로
별이 뜨고 지고
바람 불고
노을 지고

어둠이 내리고
가슴속 해가 진다

회화나무에 눈썹달이 걸렸다

벚꽃잎이 날린다

추락은 아름다운 상징이다

거리
거리마다 아픔을 견뎌낸 꽃잎이 뒹군다

발길마다 서러운 꽃자리
뛰어내리고 또 날아오르는
절벽은 어디에도 존재한다

일어설 듯
불타오를 듯

허공을 날아오르는 꽃잎 마음
맨발로 춤을 춘다

'중심'이라는 비존재적 공간과 분투하는 주체
-윤숙론

김태경_문학평론가

> 떠나간 시간은 사라지는 것이 아니라
> 동그랗게 제 몸 틀어
> 돌아오는 길을 열어가는
> 고요한 갈대의 속울음이다
>
> -「봄이 오는 길목」 일부

떠나간 시간은 떠나가지 않았다. 일체의 경험과 사유의 그늘이 주체의 안팎으로 산재散在하다. 사라진 줄 알았던 시간이 몸을 틀어 돌아왔기 때문이다. 시간 속의 기억은 고요한 갈대에 내재한 울음의 저변을 이룬다. 갈대의 속울음은 주체에게 "골목길 밝히는 외등처럼/ 한자리 올곧게 선/ 버팀목"(「시인의 말」)이 되어 준다. 모래알처럼 흩어지기 쉬운 무수한 사유와 다짐들을 단단하게 뭉쳐주는 시간을 열어가는 것이다. 이로써 '수많은 삶의 언어들'이 봄 오는 길목에 새로 뿌려진 씨앗들처럼 편재해 있다.

윤숙 시인의 신작 시집 『꽃잎, 흔들리는 중심』에서는 본질적으로 부재하는 중심이라는 공간을 탐색하고 그 존재 가치를 사유하는 주체의 모습을 엿볼 수 있다. 중심이라는 공간은 가변성을 지닌다. 경계의 매듭을 짓는 주체가 누구인지에 따라 또 어떤 기준에 의해 만드는지에 따라 매듭의 형태와 위치가 달라지므로 중심은 언제든지 유동한다. 그러나 이번 시집에서 윤숙 시인이 구축하고자 하는 중심은 표류하는 마음을 한 데 모으기 위한 사유와 인내의 공간이다. 그 공간에서 시인은 주체와 세계를 조망하고 연쇄적으로 고개 드는 번민과의 분투를 시도한다. 그리고 그가 보여주는 시의 언어이자 삶의 언어들은 이러한 미덕의 전개 과정에서 진정한 가치를 확보한다.

이번 시집에서 윤숙 시인의 시적 상상력은 역사 인식과 지구적 문제, 생의 덧없음과 무욕無慾의 의지, 인간으로서 외면할 수 없는 존재 방식에 대한 탐구와 내면 가다듬기 등 다양한 방면에서 촉발된다. 이런 감수성은 주체의 존재성에 관한 자의식이 시인의 세계관에 넓게 자리함을 함축한다. 떠나가지 않아서 사라지지 않은 시간을 온몸으로 떠안으며 시인이 고민한 흔적과 아포리아aporia가 이번 신작 시집에 담긴 것이다. “누군가 눈여겨 지켜보았을/ 기다림의 불길 지피는/ 첫 마음길”(「산나리꽃」)을 따라가 보자. “마음이 만든 감옥길에 보랏빛 물꽃 핀”(「흐르는 것에 대하여」) 모습을 발견하고 그 향기를 맡게 될 것이다.

*

‘중심’이라는 비존재적 공간에 선 분투하는 주체는 다층적인 면모를 지니므로 하나의 주체라 하기 어렵다. 낯선 수행자와도 같은 그는 자신이 서 있는 공간에서 벌어지는 일련의 사건들과 그로 인해 발생하는 의문부호에 대해 반복적으로 시연하고 사고하며 답을 구하고자 하기 때문에, 분투하는 주체마다 여러 양상을 보이게 된다. 따라서 그가 선 ‘중심’이라는 공간은 유일하고, 그러한 점에서 특별한 의미에서의 장소성을 지닌다. 이곳에서 주체는 개인이지만 사회화되고 공동체성을 띤 목소리를 발화하기도 한다. 역사 인식 혹은 현대사회의 문제를 기저로 꿈꾸는 주체로서의 가능성을 드러내는 것이다.

바람 부는 날
문경새재에 오르면
우우…… 우우우
억새들의 하울링이 들린다

잎새에서 잎새로
동학민의 붉은 함성
온 산이 들썩거린다

꿈꾸는 자만이 꿈을 이룰 수 있는
기암과 괴봉의 조령산이 힘차다

새도 쉬어 넘는 그곳에 가면
천공을 향한 민초들의 열망이
결코 사라질 수 없는 바람이 되어
아직도 흐르고 있다

–「일어서는 바람」 전문

인용시에서 주체는 문경새재에 올라 '일어서는 바람'을 맞고 있다. 바람 부는 소리는 "억새들의 하울링"을 통해 청각화된다. 그 소리는 마치 "잎새에서 잎새로/ 동학민의 붉은 함성"처럼 "온 산이 들썩거"릴 정도로 멀리 퍼져나간다. 이러한 전경에서 주체가 탐지한 것은 '힘'이다. 힘은 꿈을 가지고 꿈을 꾸는 자가 지니는 것이다. 꿈꾸는 자가 꿈을 이룰 수 있는 확률

이 높아지듯이, 꿈은 힘을 내포한다. "기암과 괴봉의 조령산이 힘"찬 것 같이, "천공을 향한" 꿈을 가진 민초에게도 힘이 있다. 그 힘은 "결코 사라질 수 없는 바람이 되어" 지금의 주체에게도 전해진다. 이 작품에서 주체는 '중심'에 민초의 자유 의지를 배치하였다. 그리고 자유와 평등을 꿈꾸는 민초의 투쟁적 의지에서 드러나는 힘을 조명하였다. 동학민이 남긴 가치와 함께 가는 길은 "슬프거나 외롭지 않게/ 완숙으로 가는 오체투지의 길"(「동행」)일 것이다.

아침 산행을 한다
솜이불 깐 듯
온 산을 덮은 연무
걸음걸음 주먹 쥐고 걷는다

어쩌면 삶도
알 수 없는 한 치 앞
안개 속을 뚫고 빛을 찾아가는 것

지구촌이 몸살을 앓는다
폭염 폭우
슈퍼엘니뇨 현상에서 오는 이상기후다
산다는 것 성층권처럼 불안정해
슬펐다 기쁘고
괴롭다가 즐겁고
흐리다가 맑은
여름날 갱년기를 닮았다

주먹을 펴고 걷는다

–「산행」 전문

앞서 살펴봤듯이, 윤숙 시인은 자연 공간에서 역사 인식을 불러오고, 사유의 영역을 확장하여 꿈꾸는 민초의 힘과 거기에서 얻은 깨달음을 노래하였다. 이러한 양상은 위 인용시에서도 찾을 수 있다. 인용시에서 시적 주체는 아침에 산행을 시작하였다. 산은 "솜이불 깐 듯"이 연무가 가득하다. 앞이 잘 보이지 않는 연무 속에서 주체는 발을 헛디딜까 주먹을 쥐고 조심스럽게 이동하였다. 1연에서 제시된 주체의 체험은 2연에서 통찰로 이어진다. "어쩌면 삶도/ 알 수 없는 한 치 앞/ 안개 속을 뚫고 빛을 찾아가는" 여정이라는 것.

3연에서는 지구적 문제인 폭염, 폭우와 같은 온난화 현상과 슈퍼엘니뇨 현상이라는 기후 위기를 소환한다. 이렇게 지구촌이 몸살을 앓으며 통증을 호소하는 가운데, 사는 일이라는 것도 "성층권처럼 불안정"하여 예측하기 어려운 날씨만큼 슬픔, 기쁨, 괴로움, 즐거움, 흐림, 맑음이 번다하게 교차되고 있다는 걸 묘파한다. 이 부분이 "여름날 갱년기를 닮아"있다는 시적 표현에서 주체가 놓인 상황을 암시하는 것이다. 주체 역시도 아픈 지구와 변덕스러운 날씨처럼 생의 갱년기를 지나며 고뇌하고 있다는 사실을. 그러나 분투하는 주체는 넘어지지 않을 것이다. '중심'을 잡고자 "주먹을 펴고 걷"기 때문이다. 이 지점에서 꿈꾸는 주체의 가능성을 톺아보게 된다.

사방이 벽이다

호랑나비 한 마리 차창 안으로 날아든다

좁고 어두운 막힌 통로
작은 날갯짓에 신음 소리 배어나온다

중앙선마저 보이지 않는
혼돈의 시간

뒤돌아갈 수도
나아갈 수도 없는 어둠만 존재하는

바닥도 하늘도 구름도
모두 하나의 길인 것을

이제 알았다
벽도 하나의 통로요
비상구는 소통인 것을

–「불통에 대하여」 전문

꿈꾸는 주체는 '불통不通'의 제재로 곧잘 활용되던 '벽'에 대해 전복적 사유를 시도하고, 그 또한 소통의 통로가 된다는 가능성을 수용한다. 불통은 다름과 몰이해로 일어나는 인간 세계에 풀리지 않는 난제이다. 주체를 둘러싼 "사방이 벽"인 것이다. 그러나 호랑나비의 움직임과 이동 경로를 응시하던 주체는 "되돌아갈 수도/ 나아갈 수도 없는 어둠만 존재하는" 상황에서는 "바닥도 하늘도 구름도/ 모두 하나의 길"이 되어 준다는 사실을 인지한다. 이른바 "벽도 하나의 통로"이고 소통을 위한 창이 되는 것이다.

이처럼 '벽'이라는 기표에 '소통'이라는 새로운 기의를 불어넣으며, 윤숙 시인의 시 세계는 '중심'이라는 공간을 한층 더 확장하게 된다. "한 겹 한 겹 벗으며/ 낮아지고 비우고/ 가슴 속 시린 삭풍 훌훌 털어낼 때/ 비로소 받아들이고 어우러"(「너도 된장」)지게 되는 타자와의 소통을 '중심'에 놓음으로써 다시 한번 타자를 포용하게 되는 것이다. 때때로 "푸른 물길 돌고돌아/ 긴 강을 건너 만나는/ 내 마음에/ 블랙홀이 있다"(「덕수궁 회화나무」). 그러나 "뼈대 생각/ 우려내고 견디다 보면"(「뚝배기」) 타자가 옆에 있다는 것을 느끼게 된다. 타자는 시인이 몸을 틀어 돌아온 시간과 기억 속에 기거하는 동안 온몸으로 떠안아야 하는 대상이기도 하다. 그와의 만남을 시화詩化하는 가운데 '중심'이라는 비존재적 공간의 고유성을 가늠하게 된다.

*

시집을 통과하는 여정에 우리는 쓸쓸한 주체의 고요한 내면세계와 농축된 고독을 만날 수 있다. 윤숙 시인은 사물이 가진 잠재성을 투시하여 착안된 시상을 결합하고 주목할 만한 알레고리allegory를 창조한다. 그것은 무가치성으로 인해 버려지거나 잊힌 것들에 대한 위로이고, 그 누구에게도 소유되지 않았으나 모두가 소중하게 인식하는 존재를 비추는 일이 된다. "눈부신 알 같은 삶과/ 묵언의 죽음도/ 봄꽃 같아/ 한바탕 꿈"(「멀미」) 같은 생에서 우리가 기억하고 존재의 가치를 되새겨봐야 하는 대상을 맞이해 보자.

풀밭에 버려진 빈 소주병을 본다

자동차 불빛에 반짝이는 빈병
소곤소곤
저벅저벅
한때
그리움으로 뜨거움으로
전부가 될 수 있었던 것이

지금
잊혀진 이름으로
어둠 속 뒹굴고 누웠다

욕망도
절망도
버려진 것들이
또한 그리움 되어 빈병을 울린다

이 밤
떨어진 꽃잎 자리 새움이 돋는 것은
버려진 자의 그리움 때문이다

-「빈 소주병에 대하여」 전문

위 작품에서 시적 대상은 "풀밭에 버려진 빈 소주병"이다. 주체는 버려진 소주병을 관찰하며 떠오른 상념들을 2연에서 음성상징어를 활용하여 압축하였다. "자동차 불빛"을 받아 반짝거리는 빈병은 "소곤소곤/ 저벅저벅" 말을 걸며 지나온 생을 회상한다. 그리움, 뜨거운 열정으로 한때는 "전부가 될 수 있었"지만 지금은 '잊혀진 이름'이 되어 어두운 길 위에 누워 뒹굴고 있는 것이다. 그 모습은 마치 욕망, 절망이 함께 버려진 것처럼 보인다. 하지만 그러한 요소들까지도 또 하나의 그리움이 되어, 결국 빈병은 고독하게 울고 있다.

쓸쓸한 주체는 이번 인용시에서 버려지고 잊힌 '빈 소주병'을 '중심'에 위치시켰다. 시인이 이러한 배치를 통해 고안하고자 했던 도착점은 대상에 자신을 투사하면서 발생하는 깨달음일 것이다. 이는 우리에게 던지는 조용한 물음이기도 하다. "흔들리는 내 뿌리/ 생채기 아물도록/ 낙수에 바윗돌 뚫리도록"

(「분갈이」) 살아왔으나, 텅 비어버린 마음의 어떤 공간에 안부를 전하는 일이면서, 마침내 우리 생이라는 것이 "하늘 날아 봇짐을 푸는 풀꽃 자리"에서 "한세상 잘 놀다 가는 놀이마당이었음을"(「꽃잎 날다」) 각성하게 만드는 작업이기도 한 것이다. 그러나 윤숙 시인은 "버려진 그 길 위에 멈춰 서서/ 내가 길이 되는 것"(「길 위에서」)을 실천하고 있다. 그가 빈 소주병을 바라보는 "이 밤/ 떨어진 꽃잎 자리"에서 "새움이 돋는 것"을 발견했기 때문이다. 그 그리움조차도 생의 의지가 되고 길을 열어가게 하는 추동력이 되어 주리라.

꽃잎이다, 달빛이다
지금
저 바람
고쟁이 걷고 강물을 건넌다

달맞이꽃 언덕 아래 머무는 동안
저녁놀 밀어내는
닫히고 열리는 꽃살문

하늘과 땅 이어가는
노을도 바람도 꽃잎도 아닌

그 누구의 것도 아닌 것이 달빛 물결 건너간다

—「달맞이꽃 질 때」 전문

꽃잎, 달빛, 바람, 노을 등은 그 누구에게도 소유되지 않아서 모두가 공유한 것이기도 한 자연 현상이다. 시인은 자연이 만든 아름다운 존재들의 관계로 진입하여 무욕無慾의 의지를 드러낸다. 여기에는 공空 사상도 반영되어 있다.

인용시에서 주체는 바람이 "고쟁이 걷고 강물을 건"너는 동안 "달맞이꽃 언덕 아래 머"물고 있다. 이곳에서 "저녁놀 밀어내는/ 닫히고 열리는 꽃살문"을 본다. 이내 주체는 자신을 둘러싼 자연물 및 자연 현상과 어우러지고 동화同化되어 하나가 되는 듯한 인상을 받는다. 기실, 주체를 포함한 이 모든 것은 독립된 실체도 아니고 그저 현상으로 머물며 잠시 만났다 사라지는 것이다. "하늘과 땅 이어가는/ 노을도 바람도 꽃잎" 등 모든 존재가 "그 누구의 것도" 아닌 상태로 함께 마주했다가 "달빛 물결 건너"가는 것이다. 물론 그 일원 안에는 주체도 포함되어 있다.

요컨대 윤숙 시인은 주변에서 어렵지 않게 접할 수 있는 존재를 부조浮彫하고 내면세계를 정화한다. 이번 시집에 실린 다수의 작품에서 이러한 특성이 잘 드러난다. 여기가 "눈부신 속살을 따라/ 훨훨/ 한 잎 한 잎 욕망을 벗어던지며"(「호명산을 오른다」) 길 위를 걷는 그의 시적 지향을 분명하게 읽을 수 있는 지점이라 할 것이다.

*

윤숙 시인이 궁극적으로 향하는 곳은 주체의 존재 방식에 대한 탐구이고 내면세계이다. 그리고 그가 걷는 길은 쓸쓸하지만 온기가 있다. 미하일 바흐친Mikhail Bakhtin이 "나의 자의식과 자기발화가 그 안에서 그 자체를 실현할 수 있고, 삶이 시작될 수 있도록 하기 위해서는 나를 둘러싸고 있는 가치적인 대기大氣에 어느 정도의 따스함이 필요하다"라고 언급했듯이(「말의 미학」, 길, 2007, 201쪽) 윤숙 시인이 주체를 '중심'에 두는 행위는 자기 자신에 대해 겸허하게 접근하는 방식이고 그 마음에서 나오는 언어는 따스하다. "먼지 쌓이듯 늘어가는 내 허물들/ 옷을 입은들 가려질까"(「겨울숲」) 싶지만, "바람 속 흔들리며/ 경계의 벽을 넘어서"(「내소사 풍경소리」) 그가 가는 길에는 꽃향기가 난다.

이 길일까 저 길일까

꽃길
손을 뻗어 움켜쥐려 해도
잡히지 않는 무지개길
그 유혹에 빠져
무더기 꽃타래 속으로 들어선다

시간 속 꽃타래
인내하며 풀어나가는
삶의 여정이
나를 다스리는 길일 것이다

언제나 중심은 외롭고
흔들리는 법

만 갈래 이름 끝을 쥐고
달무리 따라 걸어가면
꽃술에 지고 피는
그 작은 우주 속
한 생애의 중심이 잠깐 흔들린다

–「꽃잎, 흔들리는 중심」 전문

'중심'이 흔들릴 때조차도 주체를 둘러싼 '가치적인 대기'에 따스함이 느껴지고 꽃향기가 난다. 그것은 주체가 "이 길일까 저 길일까" 갈등하고 시행착오를 겪으면서 "시간 속 꽃타래"와 같은 삶의 여정을 "인내하며 풀어나가"기 때문이다. 3연 말미에서도 드러나듯이, 이러한 과정은 "나를 다스리는 길" 위에서 벌어진다. 그가 느끼는 상념을 시인은 꽃이라는 이미지에 기대어 표현한다. 위 시에서 엿볼 수 있듯이 주체와 꽃이 겹쳐진 이미지는 시적 전언의 순도를 높여주는 효과를 낳는다. 강조하건대, 낙화라는 미적 흔적을 강조하면서도, 주체의 속내를 읽게 되는 독법은 윤숙 시의 돌올한 기투企投라 할 것이다.

주지하듯 꽃의 중심에서 꽃잎이 피거나 질 때, 꽃술은 그 무게에 잠깐 흔들린다. "그 작은 우주 속"에서 "한 생애의 중심이 잠깐 흔들"리는 것이다. 이처럼 이상과 정서가 흔들릴 때 시인은 시와 함께 '중심'을 잡고자 노력했겠다. 그런 분투하는 주체의 의지가 표제작인 인용시를 포함하여 이번 시집에서 "생살 뚫고 오르는 붉은 뚝심"(「찔레꽃 질 때」)으로 드러난다. 그것은 "하나의 꽃나무로 우뚝 서는 아픔 속에 피는 꿈"(「배꽃을 찾아」)이기도 하다.

종일 실올이 풀리고 있다

불타 쭈그러진 빈 굴로 남기까지
어둔 터널길 걷고 또 걷는 누에고치
자신을 버려 베실이 되어가는 실올 속 나비 되려
피와 살 창자와 간을 내어주는
무릎 뭉개지도록 다 닳아 이미 되돌아 설 수 없는
내 생에 베틀 되어 촘촘히 나를 심어주렴

눈부신 나비로 서기까지

지금
내 삶의 실올이 풀리고 있다

한밤 나를 풀어내고 옹골차게 짜여지는
꿈의 씨앗
베틀의 손과 생각이 발돋움으로 나비의 날개를 매달자

눈부신 날갯짓
하늘 높이 날아오르는 호랑나비 한 마리

–「누에고치의 꿈」 전문

주체 속에 누에가 산다. 그리고 온종일 삶의 실올이 풀리고 있다. 그 누에는 "불타 쭈그러진 빈 굴로 남기까지/ 어둔 터널 길 걷고 또 걷는"다. 자신을 버리면서 "베실이 되"기 위해 "피와 살 창자와 간을 내어"주고 "무릎 뭉개지도록 다 닳"도록 걷는 것이다. 그가 바라는 꿈은 실올 속의 눈부신 나비가 되는 것. 그래서 오늘도 주체는 "베틀의 손과 생각"을 "발돋움으로 나비의 날개를 매달"고자 한다. 하늘 높이 날아오르는 날갯짓이 그 어느 때보다 눈부실 수 있도록. 그런 '호랑나비 한 마리'가 되는 날을 위하여.

위 시는 '중심'에 주체를 놓는다. 윤숙 시인이 지닌 소망은 '꿈의 씨앗'. 그것을 품기 위해 한밤에도 베처럼 스스로를 풀어내거나 옹골차게 짠다. 인용시가 전진하는 힘은 시인이 내면세계를 견고히 하려는 존재 의식에서 포착된다. '중심'에 주체를 자리하게 유도하고, 주체 안에 '중심'을 세우기 위한 고군분투가 미적인 언어로 표출되는 것이다. "뽑을수록/ 더 깊게 더 아프게 박히는/ 내가 가시인 듯 가시가 나인 듯"(「생선가시에 찔리다」) 주체가 '중심'에 서는 일도, 주체 안에 '중심'

을 세우는 일도 누에가 실을 만드는 행위만큼 지난한 인내의 시간을 견뎌야 하겠지만, 시인은 그에게 주어진 '지금-여기'의 시간과 동그랗게 제 몸 틀어 돌아온 시간 안에서 '주체-세계'와 조응한다.

지금까지 살펴본 바, 윤숙 시인에게 시란 "끝없는 흔들림 속에/ 자신의 세계를 세워가고 있는/ 또 하나의 길"(「가을 플라타너스」)이다. 그가 비존재적 공간인 '중심'에 다양한 대상을 위치시키며 존재성을 파악하고자 하는 시도도 종래는 자신을 향해가고 있다. 이러한 창작 지향과 작업 방식은 "하늘 자궁 속/ 별꽃으로 피어나 산정에 앉는 일"(「옥수수차 끓이기」)과 같다. 그의 시편 하나하나가 "별빛 길 열어가는/ 마음 한 조각"(「넝쿨장미」)인 것이다. 윤숙 시인은 자신뿐만 아니라 주변물과 세계를 호명하며 대상의 존재에 의미를 부여한다. 그가 '중심'에 대상을 존재하고자 하는 의식 저편에 그것을 각별하게 생각하며 조명하려는 따스한 마음이 생성되고 있음을 뜻한다. 그러므로 윤숙 시인의 시 세계는 끊임없이 "말이 말을 이어가는 어둠의 터널길 열며"(「몽산포 몽돌」) 가고, 그렇게 "저기/ 길이/ 길을 열며"(「해질 무렵 강둑에 앉아」) 갈 것이다.